# LES BLASPHÉMATEURS DE DIEU.

## MORALITÉ NORMANDE.

ANALYSE ET PREUVES DE L'ORIGINE DE CETTE PIÈCE.

PAR M. C[les] LORMIER,

Avocat.

ROUEN.

IMPRIMERIE DE E. CAGNIARD, RUE PERCIÈRE, 29.

MDCCCLXII.

# LES BLASPHÉMATEURS DE DIEU.

La vignette ci-contre, représentant les armes de Rouen, a été reproduite d'après L. Gaultier, elle forme la partie inférieure du titre gravé d'un très rare volume intitulé : LE PVY DE LA CONCEPTION DE NOSTRE DAME FONDÉ AU CONVENT (*sic*) DES CARMES A ROVEN, SON ORIGINE, ERECTION, STATVTS ET CONFIRMATION.

LES

# BLASPHÉMATEURS DE DIEU.

## MORALITÉ NORMANDE.

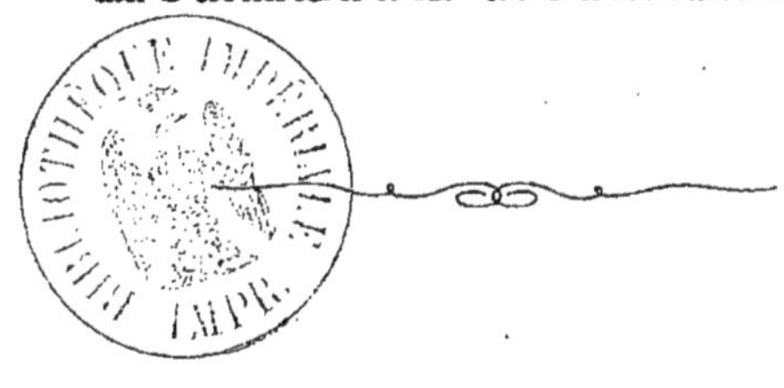

ANALYSE ET PREUVES DE L'ORIGINE DE CETTE PIÈCE.

PAR M. C[les] LORMIER,

Avocat.

ROUEN.

IMPRIMERIE DE E. CAGNIARD, RUE PERCIÈRE, 29.

MDCCCLXII.

# LES BLASPHÉMATEURS DE DIEU.

## MORALITÉ NORMANDE.

### ANALYSE ET PREUVES DE L'ORIGINE DE CETTE PIÈCE.

> Comme cette note est purement bibliographique, j'ai tout lieu de croire qu'un *bibliomane*, seul, *jusqu'à la moelle des os*, aura le courage d'aller plus loin que la moitié.
>
> TH. DIBDIN, *Voyage bibliographique*.

Il y a environ soixante-dix ans, au milieu des bouleversements qui effrayaient tous les esprits, un érudit modeste (1), particulièrement occupé de livres et d'études, parcourait les rues de notre ville, cherchant, pour les mettre à l'abri de la destruction, les débris que dans le naufrage d'alors tant de bibliothèques avaient abandonnés ; parmi ceux qu'il recueillit ainsi, un est resté surtout en mémoire aux bibliophiles normands ; c'est précisément la *Moralité* dont je vais donner l'analyse. Oubliée depuis des siècles, elle n'avait fait partie ni de la bibliothèque de M^me^ de Pompadour, ni de celle de Pont-de-Vesle, formées pourtant presque exclusivement de productions dramatiques ; la Croix du Maine, dans son répertoire si intéressant d'anciens livres

(1) L'abbé Barré, mort en 1836, curé de Monville.

français, n'en avait parlé que vaguement, probablement sans l'avoir vue, et les frères Parfait, dans leur Histoire du Théâtre, n'avaient paru non plus la connaître; aussi lorsque des temps plus calmes revinrent on se préoccupa de la bonne fortune de l'amateur rouennais, on essaya de le tenter par des offres importantes; mais ce ne fut qu'après de longues hésitations qu'il traita, en 1818, avec le conservateur de la Bibliothèque royale, M. Van Praet, cédant avec regret pour 800 fr. le livre qu'il avait, en 1793, acquis pour quelques sous (1).

Si, sans essayer de se rendre compte de ce qu'était le théâtre à l'époque où semble avoir été représentée *la Moralité des Blasphémateurs*, nous passions de suite à l'exposé de cette pièce, nous risquerions de ne pas faire comprendre tout l'intérêt que ces primitives productions pouvaient présenter; aussi nous semble-t-il nécessaire, au risque de rappeler ce que chacun sait, de nous replacer par la pensée au milieu des spectateurs du Moyen-Age, devant les simples tré-

(1) Les bonnes fortunes des bibliophiles, celles qui ont une incontestable importance, ne sont pas communes; une des plus justement célèbres dans ces derniers temps est échue à un libraire de Berlin, M. Ashen, qui, vers 1845, trouva, en Allemagne, dans un grenier, un recueil fort curieux pour la date, le nombre et la variété des pièces qu'il contenait. En effet, il n'y avait pas moins de soixante-quatre Farces ou Moralités, la plupart inconnues, réunies sous une modeste enveloppe de parchemin. — Malheureusement, au moment où le bruit de cette riche trouvaille commençait à se répandre en France, le Musée britannique venait d'en faire l'acquisition; depuis, ces pièces ont été analysées en 1849 par O. Delépierre, sous le pseudonyme de Tridace-Nafé-Théobrome, et enfin publiées, *in extenso*, en 1854, par P. Jannet, dans la partie de la bibliothèque dite Elzevirienne intitulée : *Ancien Théâtre-Français*, elles en forment les trois premiers volumes.

teaux de la scène, regardant les naïfs interprètes de l'art théâtral dans son enfance.

On hésite encore aujourd'hui sur les commencements du théâtre en France. Selon l'opinion la plus généralement admise, des pèlerins revenant de Jérusalem, de Saint-Jacques-de-Compostelle ou d'autres lieux de dévotion, auraient d'abord chanté leurs voyages, dans des sortes de cantiques, puis y auraient mêlé le récit de la Passion du Fils de Dieu : l'intérêt s'attachant naturellement à ces étranges narrations, ils en étendirent le cadre et mirent en dialogues entremêlés de chants, non-seulement les scènes de la Passion, mais encore la vie des Saints, leur martyre, leurs miracles. Sans lieux fixes d'abord pour leurs représentations, tantôt elles se donnaient sur les places publiques, tantôt dans les cimetières, tantôt même dans les églises ; à la fin, les Confrères de la Passion élevèrent un théâtre et y représentèrent les pièces les plus en rapport avec l'époque de l'année ; elles étaient ainsi à la fois pour le peuple un sujet d'instruction et une occasion de plaisir. Qui ne se souvient de ces vers où Boileau nous raconte ces commencements si modestes :

Chez nos dévots aïeux, le théâtre abhorré
Fut longtemps dans la France un plaisir ignoré.
De pèlerins, dit-on, une troupe grossière
En public à Paris, y monta la première ;
Et, sottement zélée en sa simplicité,
Joua les Saints, la Vierge et Dieu, par piété.

Je citerai sans plus de détails les titres de quelques-uns des Mystères qui sont parvenus jusqu'à nous : le Mystère de la Passion, le Mystère de la Résurrection, le Mystère de la Conception, le Mystère de la Nativité, de la Vie et de la Mort de M. Saint Jean-Baptiste ; ce sont presque toujours des sujets empruntés à l'Ecriture-Sainte, plus ou moins longuement développés : on cite un Mystère composé de 40,000 vers.

Le succès des Confrères de la Passion avait été très grand, aussi excita-t-il de bonne heure l'émulation d'une société rivale. Les Clercs de la Basoche présentèrent alors, à la curiosité des spectateurs, un genre de pièces qui, sans oublier les données pieuses des premières, apportèrent en même temps un élément nouveau ; ils personnifièrent les vertus et les vices, s'attachèrent à rendre attrayantes celles-ci, et à faire naître l'horreur pour ceux-là. Les Moralités remplacèrent bientôt les Mystères ; c'est qu'en effet il y avait déjà un progrès dans cette nouvelle forme, le poète, plus à l'aise que lorsqu'il était retenu par les liens trop étroits et trop connus de l'histoire sacrée, put commencer à émettre quelques idées personnelles, à présenter quelques scènes inattendues. Pourtant, il faut bien l'avouer, c'était un bien mince progrès, car il ne restait au théâtre qu'un peu plus d'un siècle pour arriver à son apogée, mais un siècle aidé du génie de trois hommes : Corneille, Racine et Molière !

Pour ce qui était de la représentation des Moralités, c'était ordinairement en plein air et sur des tréteaux qu'elles avaient lieu ; l'avant-scène était libre comme maintenant, mais le fond et les côtés du théâtre étaient encombrés *d'eschafaulx* ou *establies* et de gradins ; si dans une représentation il était question de trois ou quatre lieux différents, on dressait au fond du théâtre autant d'*establies* pour représenter ces lieux. Par exemple, que l'action se passât à Jérusalem et qu'il fût nécessaire d'envoyer à Bethléem ; comme il n'y avait ni rideaux, ni coulisses, le messager, au lieu de quitter la scène, comme il le ferait de nos jours, allait se placer sur l'*establie* qui représentait cette ville ; il attendait là le moment où il devait rendre compte de son message (1). Si, comme il arrivait souvent, besoin était de représenter le Paradis, le Purgatoire et l'Enfer, trois *establies* étaient encore superposées : en haut le Paradis, au milieu le Purgatoire, en bas le royaume de Lucifer. La gueule d'un dragon figurait ordinairement l'entrée de l'infernal abîme qui, à la rigueur, eût pu être pris pour un arsenal, car presque toujours on y voyait figurer en grand nombre des coulevrines, des arbalètes et même des canons, pour faire *noise et tempeste*. Pour le Purgatoire, un curieux passage du Mystère de la Résurrection nous donne d'une façon pittoresque la manière dont il était parfois représenté. « Notez que le » limbe doit estre en une habitation en la fasson d'une grosse tour » quarrée, environnée de retz et de filetz, ou d'autre chose clere, » afin que parmi les assistants on puisse voir les âmes qui y seront; » et derrière la dicte tour, en ung entretien, doit avoir plusieurs » gens crians et gullans horriblement tous à une voix ensemble, » et l'ung d'eux qui aura bonne voix et grosse parlera pour lui » et les autres âmes dampnées de sa compagnie (2). »

Pour plus de clarté, d'ailleurs, le plus souvent les divers lieux dont nous venons de parler, ainsi que tous ceux qu'on pouvait avoir à représenter, étaient désignés par des écriteaux sur lesquels leurs noms étaient placés. — Enfin, sur les côtés du théâtre étaient des espèces de gradins en forme de chaises, sur lesquels les acteurs s'asseyaient

(1) *La Diablerie de Chaumont*, ou *Recherches historiques sur le grand Pardon général de cette ville*......., par Em. Jolibois. — Chaumont, 1838.

(2) Préface des *Mystères du XV^e siècle*, publiés pour la première fois....., par A. Jubinal. Paris, Techener, 1837.

lorsqu'ils avaient joué leur scène, ou qu'ils attendaient leur tour de parler, et jamais ils ne disparaissaient aux yeux des assistants qu'ils n'eussent achevé leur rôle; aussi, quand la pièce commençait, les spectateurs voyaient tous ceux qui devaient y jouer; les auteurs et les acteurs n'y entendaient pas plus de finesse et les derniers étaient censés absents lorsqu'ils étaient assis (1).

La pièce qui nous occupe appartient à la seconde époque, à la seconde manière; c'est une Moralité; son titre doit être cité entier :

**Moralite tres singuliere et tres bonne des blasphemateurs du nom de Dieu, ou sont contenus plusieurs exemples et enseignements a l'encontre des maulx qui procedent a cause des grands iuremens et blasphemes qui se comettent de iour en iour et aussi que la coustume nen vault rien et qu'ils finent et fineront tresmal s'ilz ne sen abstinent, et est ladicte moralite a dix-sept personnaiges.**

Les spectateurs n'étaient pas moins bien renseignés que le lecteur, car une sorte de prologue, commençant par un signe de croix et la citation d'un texte sacré, leur exposait et le but et le sujet de la représentation :

Nostre intendit et vouloir principal
Est de mostrer a tous humains pecheurs
L'iniquite icy en general,
Que font vers Dieu les faulx blasphemateurs
C Et advertir que tous diffamateurs
Sont en dangier de rendre leur esperit
Dedans enfers en tenebres et pleurs
Avec Sathan qui a de les induit.

. . . . . . . . . . . .

Prenez-en gre Messieurs ie vous prie
Si ie suis long et prolixe en langaiges

(1) *Histoire du Théâtre-François* (par les frères Parfait). Paris, 1745.

Je seray brief de paour qu'il vous ennuye
En devisant le nom des personnaiges.
Ⅽ Vous pouvez voir la sus en ces estaiges
La deite souveraine et divine
Et les anges plains d'honeurs et pages
Avec Marie la Vierge tres benigne.
Il conviēt biē que ie vous determine
De ces trois cy le nom et le raport :
Voicy Guerre et cypres lui Famine
Et cest aultre cy s'appelle la Mort.
Ⅽ Ce gallāt la qui porte si hault port
Se fait nōmer le grād blasphemateur
De Dieu iurant la vertu et la mort.
Voila Briette pleine de deshonneur.
Ⅽ De cest coste est ung denegateur
Du nom de Dieu je vous certifie
Et cestuyla c'est iniuriateur
Son fils pres luy iurant le fruyt de vie.
Ⅽ Si ce n'estoit la benoiste Marie
Dedans enfer ilz seroient confonduz
Par leurs maulx faitz et par leur iurerie
Avec Sathan et les dampnez perdus.
Ⅽ En ceste part povez veoir au parsus
Ung grant docteur qui signifie l'Eglise
Reprehendant les iureurs sans abus
Par vrais signes par doctrine et clergie.
Ⅽ Aulcuns voulsist qu'en l'habit el fut mise
Et en l'estat du genre feminin
Mais son pouvoir cy est et vous suffise
Totallement du genre masculin.
Ⅽ Veez la enfer plain de souffre et venin
Qui sont diables qui ne font nul reffus

De tourmēter dampnez par leur engin
C'est ung horreur, ung ort lieu et cōfus.
— Entre vous clercs qui estez entēdus
Si vous voyez nulle deffection
En notre ieu ou saint nom de Jesus
Excusez-nous sans reprehension
Car vous savez tous que derision
Est un vice qui desplaist sans deffault
Nul ne face de nous illusion
Car tel cuide bien ioüer lequel fault.
℃ Je vous supply que nul ne parle hault
Et ne face nully bruyct qui nous nuyse
Pacience est vertu qui moult vault
Et qui la ung chascun si la prise
Des aprentifz l'esbat si vous suffise
Et vous tenez chacun en son estaige
Qui doibt commencer si s'advise
Sans en faire daultre langaige.

C'est alors seulement que la pièce commence, et c'est Lucifer qui entre le premier en scène, Lucifer, le prince des démons, réprimandant tous ses lieutenants de leur nonchalance, de leur paresse à faire tomber dans les lieux infernaux l'humain *lignaige*; chacun d'eux s'excuse de son mieux et raconte ses hauts faits; ainsi Sathan :

Je viēs tout droit du pays de France
Ou iay fait faire mille maulx
Encontre Dieu et sa puissance
Par meurtriers et par larroneaulx.
℃ J'ai faict embler beufs et chevaulx
A larrons et a larronnesses

Donc en enfer si ie ne faulx
Je leur chaufferay ung des fesses.

Behemot, le second officier de Lucifer, véhémentement réprimandé aussi, donne l'emploi de son temps de manière à satisfaire le roi des Enfers. J'ai presque scrupule de citer ses exploits ; mais comme je pense que laisser dans l'ombre ces passages quelque peu risqués serait rendre incomplète l'étude que nous voulons faire, j'attendrai pour mes réserves d'autres endroits où l'audace du langage atteindra les extrêmes limites du mauvais goût :

℄ BEHEMOT *incipit.*

Je viens de Saint-Jacques-en-Galice
Ou i'ai faict le diable et sa mere
Car ung marault mauldict et nice
Devant tous a tue son pere.
℄ J'ai faict coucher une commere
Lubricque mauldicte et dampnable
Plusieurs foys avec son compere,
Donc auront douleur innombrable.

Lucifer, malgré toutes ces prouesses, ne se tient pas content; il recommande, au milieu d'imprécations tout à fait en rapport avec son personnage, à tous les diables

D'aller tost par monts et par vaulx
Faire iurer le nom de Dieu
A garses et a garsonneaulx
En toute place et en tout lieu.

La recommandation est en bonnes mains, et bientôt le personnage principal, le blasphémateur, sous les inspirations des agents de Lucifer, se répand en jurons et en imprécations. Je n'emprunterai à cette scène qu'un chant assez heureusement rithmé :

Fy de paysans
Fy de marchans
Au regart de ma regnommee
Gentils gallanz
Seront fringans
Par le sang bieu c'est ma pensee
Puisqu'il m'agree
Toute l'annee
Je maineray ieux et esbatz
De mon espee
Gente et paree
Turay villains chetifz et matz.

Les imprécations du blasphémateur ne sont point encore ce que Lucifer aurait voulu ; on a mal compris, partant mal exécuté ses ordres ; il revient en fureur :

Haro la maison infernalle
Plaine de serpens et crapaulx
Vous ayez tous la forte galle
La rage tourment et tous maulx.
Haro haro les infernaulx
Pour vous ie suis en grant esmoy
Vous n'etes que villains clabaux
Qui ne vallez ne sy ne quoy.

Sous le coup de ce nouvel aiguillon, chacun des diables se remet à la besogne et excite à mal, et le blasphémateur, que nous avons déjà vu et un personnage qui arrive pour la première fois en scène , le regnieur, une dispute s'élève entre eux, puis un combat a lieu : les gros mots, les blasphèmes, les horions s'échangent avec une véhémence qui devait tenir en grande perplexité les spectateurs. — Puis Behemot, *le grand diable*, comme il s'appelle lui-même, un moment resté étranger à ce qui vient de se passer, craignant probablement les reproches de son maître et voyant endormi deux nouveaux acteurs, l'injuriateur et son fils, leur suggère toutes sortes de mauvaises pensées ; aussi ne faut-il pas être étonné d'entendre au réveil le père parlant ainsi à son fils :

Or sus mon fils a moy entens
Lever nous faut il est grant iour
Nous chommon cy a nos despens
En faisant par trop long seiour ;
℄ Il nous convient aller ung tour
Sur les champs quand ie men advise
Car gy ay mis plus mon amour
La moitie que aller a l'Eglise.
℄ C'est une chose que peu prise
Que le chant que l'en y demaine
Mon entente n'y est point mise
Car ce me semble chose vaine.
℄ Par la benoiste Magdaleine
Il vault mieulx soys en tout certain
De mener la ioye mondaine
Qu'estre prebstre ne chapelain.
. . . . . . . . . . . .
Le sang Dieu puisque iay argent
Je vivray a mon appetit
Comme les enfans de present,
Ensuy moy en faict et en dict.

Le fils n'a garde de désobéir à son père, il enchérit plutôt sur les charmants conseils reçus :

Par Dieu pas ne serez desdit
Mon pere ne vous soucyez
Car ia soyt que ie soys petit
J'accompliray vos voluntez.

. . . . . . . . . . . . . . . .

Conversant avec les petites
Pucellettes du temps present
Leur rendant les doulces debittes
Du ieu d'amour par mon serment.

. . . . . . . . . . . . . . . .

*Tel le père tel est le fils*, dit l'injuriateur dans son singulier orgueil de voir revivre dans sa descendance ses mauvais penchants.

Alors apparaît l'Eglise, ses reproches ne portent pas fruit, car bientôt nous voyons le blasphémateur, le regnieur, l'injuriateur, son fils, Briette *pleine de déshonneur*, nous a dit le prologue, commencer une orgie; les grands pots sont apportés, les défits lancés; les blasphèmes augmentés par l'ivresse se pressent sur la bouche de chacun, et l'Eglise alarmée cherche vainement à rappeler à elle ces pécheurs endurcis; à la fin elle ne ménage plus les élans de sa colère :

Faulx chretiens et toi chien matin
De moult pire qu'un Sarrazin
Helas pourquoi as-tu iure
La chair de Jesus-Christ begnin
Regarde toy pence a la fin.

Ni les reproches ni les menaces ne peuvent ; chacun, sans sourciller, répond à cet importun visiteur par de nouvelles injures. Briette apporte des cartes, on joue, les perdants se fâchent et déchirent les cartes qui volent en morceaux ; nouvelle apparition de l'Eglise, nouveaux reproches inutiles comme les précédents. Nous sommes toujours au milieu de l'orgie, et les buveurs en sont arrivés à l'heure des défits impossibles, des paroles lourdes et abruties, des chansons impudiques. Le fils de l'injuriateur a bu plus que les autres, mais il veut qu'on lui fasse raison ; aussi s'écrie-t-il :

Ne me pensez point enguenner
Vous en burez chascun autant.

LE BLASPHEMATEUR

Que dyable le pot est trop grant.

LE NEGATEUR

Par les vertus Dieu vous beurez.

LE BLASPHEMATEUR

Ah! ie buray si vous voulez
Mais ie p....ray sous la table.

*Bibat.*

Par le vray Dieu qui est louable
Je ne puis plus me soutenir.
Coucher me fault sur ceste table,
Vertuz Dieu il me faut gesir.

*Cadit bibendo et potus supra eum.*

BRIETTE, *au fils de l'injuriateur.*

Puisque ce pot est frais venu,
C'est a vous mon gentil garson.

*Bibat.*

Je m'en voys dire une chanson :
Dessoubz l'umbre d'un bissonet.

Ici, il me faut arrêter, cette scène d'ivresse, dont j'ai déjà atténué quelques parties, se termine par cette chanson, et la fin couronne trop dignement cette partie de l'œuvre.

Lucifer revient alors ; on le pourrait croire satisfait ; jamais pourtant sa voix ne fut plus terrible, jamais ses reproches ne furent plus violents ; il appelle encore une fois ses serviteurs ordinaires, Sathan, et Behemot en tête ; ceux-ci trouvent ses reproches injustes :

SATAN.

Mais quastu a crier si hault
Je faisoys bien notre passaige
Quant tu m'as huche vieil crapault.

J'hésite à continuer sa justification :

J'avais faict coucher ung ribault
Entre les bras d'une paillarde
Il lui sembloit gentil fillault
Et el luy sembloit bien gaillarde.

Lucifer leur explique le motif de sa colère, disons mieux, de sa rage :

Il les fallait tost estrangler
Et les apporter en enfer.

Sathan, plus fort en théologie, à ce qu'il semble, que le roi des Ténèbres, se met à lui apprendre l'impossibilité où il est, sans l'ordre exprès de Dieu, de mettre à mort les pécheurs ; ce n'est pas faute d'envie de sa part :

Si iavoye la commission
De les tuer quand ilz font mal

Jen empliroys nostre maison

Hault et bas amont et aval.

La démonstration est longue et a toute l'apparence d'un sermon, les textes latins y abondent. Pour conclusion, Lucifer convaincu engage Sathan et Behemot à tenir tous les hommes en état de péché pour que la mort les surprenne ainsi,

Et qu'ilz soyont enfin devallez

Au fons denfer pour leurs erreurs.

C'est pendant le sommeil de l'ivresse que les noirs démons retournent conseiller et séduire leurs victimes désignées; aussi, sous l'influence de leur souffle impur, revoyons-nous encore, avec quelques variantes, les festins, les danses, entendons-nous de nouveau les paroles impies. Je dois citer ici, parce qu'elle me paraît cadencée avec une certaine grâce, une chanson du blasphémateur :

C Gentilz compaignons
Vont par les bissons
Au chant des oyseaulx
Ou aux oysillons
Maulvis et pigeons
Chantant chantz nouveaulx.
C Ilz ont a leur taulx
Ces vins bons et beaux
Et boyvent dautant
Et par les hameaulx
Faisant petits saulx
Se vont esbatant.
C En se rigollant
Touiours vont disant

Leurs chansons nouvelles
Et reiouyssant
Par leur chant plaisant
Ces belles pucelles.

L'Eglise a vu leur conduite, entendu leurs blasphèmes, mais elle ne semble avoir que le triste privilége d'exciter leurs rires et leurs sarcasmes; Dieu vient alors défendre son Eglise, mais vainement il présente son fils crucifié, vainement il rappelle ses souffrances. Ceux-ci saisissent le Crucifix, et, à l'envi les uns des autres, recommencent, le blasphème à la bouche, toutes les scènes de la Passion. — C'en est fait, leur iniquité est arrivée à son comble, la main de Dieu paraît prête à s'appesantir sur eux; heureusement Marie, *Virgo clemens*, arrête le bras vengeur, elle demande quelques jours encore pour qu'ils aient le temps de revenir. Lucifer, qui se croyait sûr de la victoire, accourt furieux; chacun plaide, l'une avec tous les moyens de la justice miséricordieuse, la cause du ciel, l'autre avec tous les arguments de la justice vengeresse, celle de l'enfer. — Le ton des deux personnages, pendant ce long démêlé, est convenablement différencié : la Reine des Cieux parle avec douceur, humilité, elle supplie; le Prince des Enfers est d'une douceur cauteleuse, il présente avec empressement les raisons qui doivent pousser Dieu à se venger, et cite avec une joie mal dissimulée les textes sacrés qui semblent mettre le Tout-Puissant dans la nécessité de frapper.

La sentence est à la fin prononcée :

Je suis cil qui a tout mesure
Et misericorde et iustice
Moderant qui se desmesure
Et qui commect peche et vice

Aux ungs ie suis doulx et propice
Aux aultres suis misericors
Les ungs il fault que ie pugnisse
Les ungs vifz et les autres mors.

Et pour répondre par un seul texte à tous ceux cités par Lucifer, Dieu lui dit :

*Nolo mortem peccatoris sed ut magis convertatur et vivat.*

La vie est donc laissée aux pécheurs, mais tous les maux vont être déchaînés, et au cas où ils s'obstineront dans le péché, ils appartiendront définitivement à Lucifer. Celui-ci, rempli d'espoir d'arriver à ses fins, donne ses ordres à Sathan et à Behemot, et convoque tous les fléaux :

Sortez d'Enfer famine et guerre
Air infaict et mortalite
Allez moi guerrdyer la terre
Que peche a debilite.
Sortez.

Nous en avon de Dieu puissance.

En effet, nous voyons se précipiter alors les trois fléaux annoncés; mais le repentir ne vient pas, et la Mort s'écrie :

Trompillon sur eulx durement
Chascun de nous en droict soy
Criant continuellement
Vengeance de par Jesus le Roy.

Les pécheurs répondent :

De vos menaces ne nous chault.

LA MORT.

C'est bien dict doncques à l'assault.

*Fiat insultus magnus inter eorum.*

Les uns cherchent à fuir, les autres combattent, quelques-uns jurent jusqu'à leur dernier soupir; aussi est-ce dans l'Enfer que nous allons, dans la scène suivante, revoir et le blasphémateur et le regnieur. Sathan arrive joyeux à la porte de l'antre infernal :

Lucifer ouvre nous ta porte
Nous feras-tu point bonne chiere
Or regarde que ie t'aporte
Vecy matiere singuliere.
¶ J'ay impetre de Dieu le pere
Que les traitres blasphemateurs
Fussent pugnis la chose est clere
De leurs iurs et de leurs erreurs.
¶ Haro ils ont eu les douleurs
De famine mort et guerre
Et n'ont point amende leurs erreurs
Obstinez sont plus durs que pierre.

LUCIFER.

Aprestez tost voz cros de fer
Voz tenailles voz instrumens
Pour les iecter au puys d'enfer
Avec crapaulx mourons serpens
Diables dampnez ors et pulens
Faictes leur une chiere lye
Puisqu'ilz n'ont voulu en nul temps
Servir Jesus le filz Marie.

. . . . . . . . . . . . . . .

Ils pensoient ce n'étoit que ieu
De blasphemer Dieu et ses saintz.

. . . . . . . . . . . . . . .

Avant diables mauldits inhumains
Accomplissez tost vostre office
Pugnis ils seront de leur vice
Dedans la chauldiere d'enfer.

. . . . . . . . . . . . . . .

C Behemot pense de soufler
Fay du feu grand diable cornu
Car ie les voys dedans bouter
Trestous illec sans attendu.

*Ponant in cacabinem.*

BEHEMOT :

Le feu est partout espandu
Regarde suis-ie bon varlet.
Il leur est bien maladvenu
L'eau boit au-dessus du collet.

Je passe les gémissements des pauvres damnés; ils sont nombreux et pitoyables, car leurs supplices sont de mille sortes ; bouillis, grillés, jetés en l'eau froide, pendus, frappés, lacérés, nourris de serpents et de crapauds.

Cependant les diables, fiers de leur victoire, se sont trop arrêtés dans la joie de leur triomphe ; Lucifer, toujours avide de nouvelles victimes, renvoie tout son personnel sur la terre :

Retourner vous fault sur les champs
Allez tenter mauldictz truans
Allez tenter tous les humains
Allez allez merdoulx truans

Faictes iurer Dieu et ses saintz
Allez moi querir ces pu.....
Qui sont si chauldes et si fieres
Pour les baigner dedans nos bains
Et les coucher en nos littieres.
Amenez-moi ces tavernieres
Qui vendent a faulce mesure
Et n'oubliez ces cousturieres
Qui ne font pas bien leurs coustures.
Allez tenter toute nature.

. . . . . . . . .

Allez diables allez a Romme
Allez a Paris a Bordeaux
Allez a Rouen a tout homme
Pour me querir ces plaidereaulx.
N'oubliez ces advocaceaulx
Qui empoignent des deux cotes
Car ils seront si ie ne faulx
En enfer rotiz et tostez.

Le dernier tableau est plus consolant, il représente la victoire de Marie sur les démons. L'injuriateur et Briette, nouvelle Madeleine, reconnaissent enfin leurs erreurs et demandent avant leur mort à se réconcilier avec l'Eglise, qui se hâte de leur octroyer pardon. C'est le dernier personnage qui occupe la scène, et c'est sous l'impression des paroles suivantes que se termine la pièce :

Saint Luc nous dit certainement
Que quand ung pecheur se desvoye
Prenant en luy repentement
Que tout le ciel si en faict ioie.

C. Je t'absoubs donc c'est chose vraye
De tous les crimes et abus
Et affin que exaulce ie soye
Chanton *Te Deum laudamus.*

Voici, dans une analyse faite aussi rapide que possible, ce singulier monument de la littérature dramatique du commencement du XVIe siècle. Les traditions du Théâtre ancien sont toutes oubliées; il n'y a plus ni plan, ni action, ni unité, mais seulement une série de scènes que l'auteur a liées les unes aux autres sous l'inspiration d'une seule idée, et par conséquent souvent, il faut bien le reconnaître, d'une façon assez monotone. C'est dans l'histoire de notre littérature, une curieuse étude que celle de cette nouvelle enfance du Théâtre, tant qu'il ne sait pas, ou ne veut pas regarder, pour y retrouver sa voie, les modèles de la Grèce et de Rome. A côté de cet intérêt il en est un autre moins élevé, peut-être, mais digne toutefois d'être signalé, c'est la connaissance que nous y acquérons des mœurs, de la vie intime au Moyen-Age. Il y a certainement des détails qui nous semblent bizarres, grossiers même : ce sont ceux-là pourtant, il ne faut pas craindre de l'avouer, qui doivent le plus attirer notre attention; nous ne devons ni trop dédaigneusement détourner les yeux, ni trop chastement fermer les oreilles, mais plutôt, en homme sérieux, en philosophe, chercher, là où elle est écrite dans toute sa netteté, l'histoire si intéressante de notre civilisation. — Ne nous faut-il donc point passer à Molière quelques expressions qui nous semblent aujourd'hui malsonnantes, et qui n'effarouchaient nullement de son temps? D'ailleurs, il y a pour compenser ces passages d'une mode ancienne et méprisée quelques endroits où le style commence à valoir, quelques autres où l'esprit d'observation et de fine critique commence à se faire jour.

Les citations que j'ai faites ont quelquefois justifié ce que je viens de dire par rapport au style; j'en ferai une nouvelle, où il me semble voir une peinture assez heureuse de la vanité et coquetterie féminine;

C'est Briette qui parle :

Par la Croix Dieu ne par les yeux
Je me tiendray gaye et fringuette
En cest temps deste precieulx
Lequel faict reverdir lherbette.
Ⓒ Et auray robbe nouvellette
Par la Croix Dieu de bon fin vert
De fine escarlate ou brunelte
Donc tout mon corps sera couvert.
Ⓒ Souliers neufs au pièd descouvert
Gorrieres chausses de morguin
Heureux est a qui le sien sert
Par la Croix Dieu iuc a la fin.
Ⓒ Jauroys bien robbe de satin
Par la Croix Dieu ou de veloux
Ou de damas couvert et fin
Pour faire enuye a ces geloux.
Ⓒ A la verdure soubz le houx
Je diray quelque rigollet
Escoutant en dangier des loups
Le doux chant du rossignollet.
Ⓒ Saulcun amoureux me voulait
Pardieu ie feroys bien la fine
Le temps n'est plus comme il souloit

Je parleroys de ma voysine
Je feray tousiours bonne myne
Si l'en me prie damourette
Pose que ientende le signe
En disant peu de parollettes
Semblant de dire mes heurettes
En me tenant tousiours gorriere
En portant roses et florettes
Du temps present c'est la maniere.

Je laisse maintenant ces appréciations, communes pour la plupart à toutes les pièces de cette époque, et n'insiste plus que sur un point qui me paraît présenter un intérêt particulier : je veux parler de l'origine, selon moi, toute normande de la Moralité des Blasphémateurs.

L'exemplaire unique (1) que l'on connaît de cette pièce ne nous donne aucune indication sur son auteur; nous y voyons seulement le nom de l'imprimeur Pierre Sergent; la date est omise, mais elle peut être jusqu'à un certain point rétablie, car c'est dans les limites assez restreintes de dix années (de 1530 à 1540) que P. Sergent exerça son art; or, qu'un théâtre existât à Rouen à cette

(1) Cet exemplaire, dont on a remplacé l'ancienne couverture par une belle reliure en maroquin rouge, est toujours à la Bibliothèque impériale : il en a été fait deux réimpressions, l'une in-8° en 1820 par la société des Bibliophiles français, tirage limité à trente, nombre de ses membres; elle passe pour peu exacte; l'autre, tirée à quatre-vingt-dix exemplaires, a été imprimée en 1831, par Crapelet, aux frais du prince d'Essling, qui a fait graver tout exprès des vignettes, fondre des caractères semblables à ceux de l'original, le singulier format d'agenda a même été conservé, le texte enfin y a été reproduit avec une scrupuleuse exactitude.

époque, ou que du moins on jouât des pièces de ce genre dans notre ville, cela ne fait pas doute ; l'abbé de La Rue prétend (1) que ces sortes de représentations furent données en Normandie, avant même qu'on les connût à Paris, c'est-à-dire avant 1398 ; il cite ensuite le Mystère de Noël, joué à Rouen, sur la place du Marché-Neuf, en 1474 ; le Mystère de la Passion, joué (2) dans le couvent des Dominicains de la même ville. Jean le Lorrain (3), enfin, parle également d'une représentation de ce même Mystère de la Passion qui fut donnée en 1498 dans le cimetière de Saint-Patrice.

Certaines expressions, certains mots dénotent cette origine d'une manière qui semble évidente. J'en citerai quelques-uns : le mot *quérir*, aller chercher ; *pichet*, grand pot pour boire ; *cheux*, pour chez ; *gavion*, gosier ; *dru*, nombreux ; *brouy*, grillé ; *mouron*, espèce de salamandre ; *gache*, pour pain, ce dernier mot en particulier ne se trouve nulle part ailleurs que dans le dictionnaire du patois normand ; mais si l'on pouvait avoir des doutes, parce que quelques-uns de ces mots et une foule d'autres que j'ai cru superflu d'indiquer, plus particulièrement employés en Normandie, ont quelquefois apparu dans certains passages de nos vieux poètes, j'appellerai l'attention sur une expression qui, celle-là, est exclusivement normande, rouennaise même.

(1) *Essais historiques sur les Bardes, les Jongleurs et les Trouvères normands et anglo-normands*, par l'abbé de La Rue. — Caen, 1834.

(2) Probablement en 1502, c'est du moins la date d'une représentation de ce Mystère à Rouen, mentionnée dans une pièce de procédure conservée dans les archives du Parlement de Normandie, au Palais-de-Justice.

(3) *Histoire de la ville de Rouen*. — Rouen, J. Amiot, 1710.

Le blasphémateur se vante à Briette d'être riche, de pouvoir boire autant qu'il lui plaira :

Par la vertu de Dieu la belle
Nous ferons bien Rigault sonner

Nulle part, ni alors, ni depuis, l'expression n'a été employée dans cette forme. Taillepied va nous en donner, dans un passage de son *Recveil des Antiqvités et des Singvlarités de la ville de Roven*, une curieuse explication : Odo Rigault, étant Archevêque de notre diocèse, fit placer dans l'une des tours de la cathédrale « une grosse cloche » de grosseur admirable, voire tant pesante à esbranler, qu'il y faut » douze hommes pour la sonner ; aussi y a-t-il quatre demy rouës » et quatre chables à la tirer. Et pourceque le temps passé il echeait » bien de boire avant que de la sonner, le proverbe commun est » venu qu'on dit d'un bõ buveur, qu'il boit en tire-la-Rigault (1). »

Deux fois d'ailleurs dans le cours de la pièce, et d'une façon particulière, il est question de Rouen ou de la Normandie :

(1) Le savant Ménage, voulant donner l'explication de la locution : boire à tire larigot, s'y prend d'une manière assez plaisante. « *Fistula*, flûte, d'où » *fistularis, fistularius*, on a fait de ce dernier *fistularicus*, et par retranche- » ment *laricus ;* de *laricus* on a fait *laricotus*, d'où nous avons fait *larigot ;* et » comme nous avons de grands verres en forme de flûte, on a dit : flûter, ou » encore boire à tire larigot pour dire boire à longs traits. » Il parle d'ailleurs, mais avec quelque mépris, de l'étymologie de Taillepied. N'est-il pas à croire qu'il eût changé d'avis et bien vite abandonné tout ce fatras peu concluant d'érudition, s'il eût connu la locution telle qu'elle se présente dans notre pièce ? N'apparaît-elle pas en effet, ainsi, comme une preuve incontestable de l'origine de ce proverbe si vieux et encore si usité ?

Allez diables allez a Romme
Allez a Paris et Bordeaux
Allez a *Rouen*.......
Pour me querir ces plaidereaux.

Quatre villes sont ici nommées, Rouen seul avec un trait satyrique qui le distingue tout particulièrement. Ailleurs, presque au dénouement, Briette, cherchant à échapper à tous les fléaux qui sont déchaînés contre les pécheurs, s'écrie :

Je m'en voys en une aultre terre
Plus vivre icy ie ne pourroys
Car la famine mort et guerre
Confondent nobles et bourgeoys
Adieu *Normandie* ie men voys.

De nos jours, ce mot-là ne serait pas suffisant pour déterminer l'endroit où a été composée ou bien jouée une pièce quelconque ; mais nous nous occupons d'une époque toute primitive, et à laquelle l'intérêt ne pouvait naître dans l'esprit des spectateurs qu'en leur représentant le milieu qui les touchait le plus, la contrée qu'ils habitaient, l'endroit où ils étaient.

A ces raisons de décider, une seule objection paraît pouvoir être faite, capable d'abord de jeter quelque doute : au milieu de ces repas, de ces orgies, lorsque les personnages nomment, vantent, chantent la liqueur qui remplit les verres, il n'est nulle part question du cidre, la boisson normande par excellence, du cidre, *le bon meuble en un mesnage*, selon l'expression de notre joyeux Basselin, mais seulement du

.... gros vin noir

Du blanc du rouge ou du clairait

et, dans un endroit en particulier, de bière.

L'histoire des mœurs de nos pères permet très bien d'expliquer cette difficulté, et nous fait même trouver, au lieu d'une accablante objection, un de nos meilleurs arguments : si le cidre a de vieille date était connu en Normandie, il n'a pas été jusqu'à une certaine époque, à beaucoup près, la seule ou même la principale boisson : on peut l'induire déjà de l'organisation tardive des Marchands de cidre en corporation ; elle ne date que de 1692, tandis que les Brasseurs de bière reçurent de Guillaume Cousinot, bailli de Rouen, leurs statuts dès 1486. Mais un médecin, Julien de Paulmier, va tout à fait nous édifier sur ce point : « Il n'y a point cinquante » ans (écrit-il en 1589) qu'à Rouen et en tout le pays de Caux » la bière estoit le boire du peuple comme est de présent le » sidre (1). » Ai-je besoin maintenant de dire qu'aux jours de haute liesse le vin avait seul l'honneur de figurer sur les tables, et dois-je rappeler que la vigne, qui nous refuse aujourd'hui aussi absolument ses produits, s'en montrait très prodigue pour nos bons aïeux ? De nombreux documents en font foi (2), et ce même médecin, que nous venons de citer, dit encore : « Les vins de la haute » Normandie esgalent presque les François en couleur, consis-

(1) *Traité du Vin et du Sidre*, par Julien de Paulmier, docteur en la faculté de médecine à Paris... Caen, 1589.

(2) *De la culture de la vigne en Normandie*. Notice de M. l'abbé Cochet, Rouen 1844. — Dans l'intéressant ouvrage de M. l'abbé P. Langlois : *Histoire du Prieuré du Mont-aux-Malades*, on voit qu'au XVIe siècle les religieux de Saint-Ouen cultivaient la vigne sur le versant méridional du Mont-Fortin.

» tence et force, mesme quelquesfois les surpassent quand la
» constitution de l'air est plus chaulde en la haute Normandie
» qu'en l'Isle de France comme il advient quelquefois. »

Tous ces faits rappelés, ne sommes-nous pas bien disposés à nous expliquer ces paroles du blasphémateur :

A ma maison car tout est pret
Je vous donray vin excellent
Par Dieu sil en a nulz dedens
Cette ville sans plus d'arrest
Vin d'icy. . . . . . . . . . . .
Vin de France, vin muscadet
Vin Bourguignon...

et aussi l'énumération du négateur :

Vin d'Angeli, vin de Croisset
Ou la biere souvent se fait
Qui corrompt toute la fourcelle.

Sans vouloir insister sur ce dernier mot, qui n'a que dans le patois normand la signification d'estomac, que nous lui voyons ici, il devient facile de tirer des citations précédentes les preuves utiles à notre thèse, et qui nous semblent y abonder : *Vin d'icy*, vin des environs de Rouen, cela ne paraît pas contestable, ne voit-on pas à la suite les vins de France, du pays de France, comme on disait et comme on dit encore dans notre pays pour désigner les environs de Paris ? cela ne devient-il pas plus évident encore à ce trait : Vin de Croisset, de Croisset où la bière se fait, lorsque nous savons d'une part que les plus riches, les plus estimés vignobles normands étaient sur les bords de la Seine (1), lorsque nous connaissons d'autre part le nom de la boisson populaire dans notre pays, au commencement du XVI$^{e}$ siècle ?

Il y a enfin un rapprochement à faire, curieux et décisif : c'est qu'en plaçant l'époque où fut jouée cette pièce, comme nous en sommes convenus, vers 1530, nous sommes au lendemain d'une peste effroyable qui, deux ans durant, en 1521 et 1522, affligea tellement la ville de Rouen, au rapport d'un de ses historiens, « qu'aux jours de dimanche, en la messe paroissiale de Saint-
» Macleu, à peine eût-on pu trouver avec les prêtres quarante
» personnes. En ce temps-là, ajoute-t-il, on institua aux dépens de
» la ville, quatre hommes revêtus de robes bleues qui attachaient
» des croix blanches aux maisons infectées de peste (2). » Le fléau de la famine apparut cette même année 1521, et sévit encore en 1523 et 1529. « Georges d'Amboise, qui pour lors estoit Archevesque de
» Roüen, donna tous les jours dix mines de bled qu'il fit distribuer
» aux pauvres dans le cimetière de Saint-Maclou, depuis le 30
» jour de may jusques à l'onzième de juillet... Il y eut une si grande
» presse, que cinq ou six personnes y furent estouffées (3). »

N'est-ce là qu'une singulière coïncidence ? il ne paraît pas

(1) Noël de la Morinière dans ses *Essais sur le département de la Seine-Inférieure* (Rouen, 1795), parle avec quelques détails des vignobles de Jumiéges, Oissel et Freneuse.

(2) *Histoire de la ville de Roven*, par F. Farin... Roven, Heravlt, 1668. *Le Flambeau astronomique de* 1715, qui relate le même fait, ajoute, contraste frappant, qu'avant le déchaînement de cette maladie, il y avait chaque dimanche à cette même messe plus de 1,500 communiants.

(3) F. Farin.

possible de le penser; il me semble bien plutôt y voir l'évocation des malheurs encore présents à la pensée des habitants, pour servir d'arguments irrésistibles aux vérités religieuses que l'auteur, peut-être un ecclésiastique, tout au moins un homme de foi, présentait à la dévotion du peuple avide de ce genre de spectacle.

Je termine, laissant à de meilleurs juges à apprécier la valeur de cette opinion, et sans tenter de déterminer d'une manière plus précise l'auteur lui-même; le champ des hypothèses est trop vaste; son nom sans doute n'est point parvenu jusqu'à nous, ou bien il se trouve mêlé parmi ceux des poètes qui disputaient chaque année par leurs dévotes productions au Puy de l'Immaculée-Conception, la Palme, le Lys ou la Rose d'or.

ROUEN. — IMP. E. CAGNIARD.

—

Extrait de la *Revue de la Normandie*.

Année 1862, p. 286-315.

—

www.ingramcontent.com/pod-product-compliance
Ingram Content Group UK Ltd.
Pitfield, Milton Keynes, MK11 3LW, UK
UKHW021029200726
13857UKWH00004B/1677